# Freundinnen FÜRS LEBEN!

W0407217

arsEdition

FREUNDSCHAFT MUSS
NICHT PERFEKT SEIN.
Nur echt.

# Du bist …

- MEIN LIEBSTER GESPRÄCHSPARTNER
- DER BESTE RATGEBER
- DIE GRÖSSTE QUASSELSTRIPPE
- LUSTIGER ALS EIN 24-STUNDEN-COMEDY-MARATHON
- DER BESTE ZUHÖRER
- UNERSETZLICH

Danke, dass es dich gibt!

… ganz einfach mein

**Lieblingsmensch.**

MIT DIR
IST JEDER TAG
MEIN
Lieblingstag.

ES GIBT GUTE FREUNDE.
ES GIBT BESTE FREUNDE.
UND DANN
GIBT ES
dich.
BFF

WENN Freundschaft
SCHWERE ZEITEN
überstanden HAT,
IST SIE SICHER ANDERS
GEWORDEN.
SIE IST gewachsen.

DIE BÄUME MIT
TIEFEN WURZELN SIND DIE,
DIE HOCH WACHSEN.
Frédéric Mistral

Wer schön sein will,
muss Lachen.

ES IST SCHÖN, *jemanden* ZU KENNEN,
MIT DEM MAN VOR LAUTER *Spaß*
DEN *Ernst* DES *Lebens*
*vergessen kann.*

LASS UNS MAL ...

... EINE GANZ ALTMODISCHE
Brieffreundschaft PFLEGEN.
GIBT'S WAS SCHÖNERES,
ALS EINEN RICHTIGEN Brief
im Briefkasten zu finden?

BEIM **Wiedersehen**
NACH EINER TRENNUNG FRAGEN
DIE BEKANNTEN NACH DEM,
WAS **mit uns,**
DIE FREUNDE NACH DEM,
WAS *in uns* VORGEGANGEN IST.

Marie von Ebner-Eschenbach

Ich brauche keinen
SUPER-
HELDEN.
Ich hab ja
DiCH!

Mein bester Freund

IST DER, DER DAS BESTE IN MIR ZUM VORSCHEIN BRINGT.

Henry Ford

GEH NICHT HINTER MIR,
VIELLEICHT FÜHRE ICH NICHT.
GEH NICHT VOR MIR,
VIELLEICHT FOLGE ICH NICHT.
GEH EINFACH NEBEN MIR
UND SEI MEIN FREUND.

Albert Camus

FREUNDE SIND Menschen,
DIE DIR NICHT
DEN WEG ZEIGEN,
SONDERN IHN EINFACH
MIT DIR gehen.

Schöne ERINNERUNGEN sind wie WÄRMFLASCHEN für die SEELE.

FREUNDSCHAFT VERZAUBERT.
SIE MACHT GUTE ZEITEN
NOCH BESSER UND LÄSST UNS
DIE SCHLECHTEN VERGESSEN.
Maeve Binchy

Es gibt
Freunde im Leben
und es gibt
Freunde FÜRS Leben!

Im nächsten Leben
finde ich dich früher.

Die schönste Erkenntnis wahrer FREUNDE ist, dass sie getrennt voneinander WACHSEN können, ohne AUSEINANDERZUWACHSEN.

ELIZABETH FOLEY

Lass uns mal …

… EINEN Baum PFLANZEN.
ALS SYMBOL FÜR
UNSERE Freundschaft.

Shine
Bright

AM schönsten
SIND WIR, WENN WIR
niemandem
gefallen
WOLLEN.

Einen Menschen
ZUM LÄCHELN ZU BRINGEN,
KANN DIE WELT VERÄNDERN.
VIELLEICHT NICHT DIE
GANZE WELT,
aber seine Welt.

MAN KANN
ÜBER FAST alles LACHEN.
NUR NICHT
mit jedem.

Mit mir
kannst du alles sein.
Sogar du selbst.

Was für
ein Glück,
dass wir uns
gefunden
haben!

Ich deins.
Du MEINS.
WIR eins.

# Ein FREUND ist wie ein ZWEITES ICH.

MARCUS TULLIUS CICERO

Freundschaft ist ein Stück Weges miteinander gehen.

MARY MCCARTHY

Kein Mensch war ohne Grund in deinem Leben.

Der eine war ein Geschenk, der andere eine Lektion.

ECHTE FREUNDE ZEIGEN SICH, WENN DU IN EINEN SKANDAL VERWICKELT BIST.

Elizabeth Taylor

ZUSAMMEN

ist mein

LIEBLINGSORT.

Mit einer FREUNDIN zu LACHEN, ist die beste Art zu lachen, DIE ES GIBT.

ABER EIN STÜCKCHEN SCHOKOLADE HIN UND WIEDER KANN AUCH NICHT SCHADEN.

ALLE
SCHÄTZE
DIESER ERDE
WIEGEN EINEN
GUTEN FREUND
NICHT AUF.
Voltaire

YOU + ME =

# AWESOME

Männer

KOMMEN UND GEHEN,

beste Freundinnen

BLEIBEN.

Freunde

SIND THERAPEUTEN,

MIT DENEN MAN EINEN

draufmachen KANN.

EIN FREUND IST JEMAND,
DER DEINEN KAPUTTEN ZAUN
ÜBERSIEHT, ABER DIE BLUMEN
DEINES GARTENS BEWUNDERT.

Wilhelm Raabe

FREUNDSCHAFT IST,
WENN MAN NICHT EXTRA
AUFRÄUMT,
WENN DER ANDERE
ZU BESUCH KOMMT.

FRAUEN SIND NICHT
kompliziert.
SIE HABEN NUR EIN
SYSTEM,
DAS MÄNNER NICHT
VERSTEHEN.

IRGENDWANN SITZEN WIR
zusammen AM MEER,
LAUSCHEN DEN WELLEN UND
LACHEN DARÜBER,
DASS FRÜHER ALLES SO
KOMPLIZIERT WAR.

Umgib dich
mit Menschen,
die dich auch
VERSTEHEN,
wenn du kein
WORT sagst.

ECHTE Freunde
HÖREN NICHT NUR,
WAS DU SAGST, SONDERN
VERSTEHEN AUCH,
WAS DU meinst.

FREUNDSCHAFT IST,
WENN MAN
STUNDENLANG
NUR RUMSITZT UND
ÜBER DINGE REDET,
ÜBER DIE MAN SCHON
TAUSENDMAL
GEREDET HAT.

... Manchmal

VERSTEHEN WIR UNS

AUCH OHNE WORTE ...

JE ÄLTER MAN WIRD,
DESTO MEHR
BRAUCHT MAN EINE
»Weißt-du-noch-Freundin«.

Tilla Durieux

Meine Lieblingsbeschäftigung
IST, MIT DIR ZUSAMMEN
ERINNERUNGEN
ZU MACHEN.

FINDE HERAUS,
WAS DICH *glücklich*
MACHT, UND
DRÜCKE AUF
*Repeat.*

UNSER LEBEN IST
ZU KURZ, UM DAS
GLÜCKLICHSEIN AUF
»irgendwann«
ZU VERSCHIEBEN.

Wir werden uns

niemals vergessen,

JA?

WENN ES REGNET,
such nach dem Regenbogen,
WENN ES DUNKEL IST,
such nach den Sternen.

WENN MIR DAS LEBEN
HUNDERT GRÜNDE GIBT,
UM ZU WEINEN,
SORGST DU DAFÜR,
DASS ICH **TAUSEND GRÜNDE**
HABE, UM ZU LÄCHELN.

SAGE MIR,
WORÜBER DU LACHST,
UND ICH SAGE DIR,
OB ICH DEIN FREUND
SEIN KANN.

*Konfuzius*

Du bist die

**Schwester,**

die ich mir

aussuchen durfte!

Freundschaft –

DAS IST HEIMAT.

Kurt Tucholsky

WER DEIN SCHWEIGEN
nicht VERSTEHT,
VERSTEHT DEINE Worte
AUCH NICHT.

Elbert Hubbard

Die **besten** und
Schönsten Dinge
der Welt können
wir nicht sehen,
ja nicht einmal
berühren.
Wir müssen sie
mit dem Herzen
**fühlen.**

Helen Keller

MENSCHEN ZU FINDEN, DIE MIT UNS fühlen
UND empfinden, IST WOHL
DAS schönste Glück AUF ERDEN.
CARL SPITTELER

WIR SIND WIE ZWEI Puzzleteile:
SO UNTERSCHIEDLICH UND
DOCH PASSEN WIR
perfekt zusammen.

# Freundschaft:

Du lachst, ICH LACHE.
Du weinst, ICH WEINE.
Du springst von der Brücke,
ICH KLETTERE INS BOOT
UND RETTE DEINEN
BLÖDEN HINTERN.

DIE hervorragendste AUFGABE EINES Freundes IST, EINEM BEIZUSTEHEN, WENN MAN AUF DEM Holzweg IST. FAST jeder HILFT EINEM, WENN MAN IM RECHT IST.
Mark Twain

Wir gehören zusammen
wie Einhorn und
Glitzerstaub!

ES MUSS NICHT IMMER
Sinn machen,
MANCHMAL REICHT ES
AUCH SCHON,
WENN ES EINFACH
NUR Spaß MACHT.

Manche Menschen
GEBEN DEINER WELT ETWAS BESONDERES.
EINFACH, WEIL ES SIE GIBT.

Wie schön,

DASS DU GEBOREN BIST.
WIR HÄTTEN dich
SONST sehr VERMISST!

BEI echten Freunden
MUSS MAN SICH NICHT
DAUERND MELDEN.
ECHTE FREUNDE MACHEN
EINFACH DA WEITER,
WO MAN VOR MONATEN
aufgehört HAT.

FÜR *wahre Freundinnen* IST

# »Entfernung«

EIN FREMDWORT.

»BLEIB«

ist ein wunderbares Wort
im Vokabular
einer Freundin.

LOUISA MAY ALCOTT

Ein Freund
ist jemand, der dir völlige
**Freiheit**
gibt, du selbst zu sein.

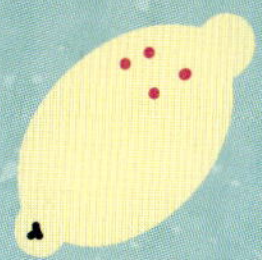

JIM MORRISON

EIN Freund –
DIE Hälfte MEINER SEELE.
HORAZ

DIE WIRKLICH

guten Gespräche

SIND DIE, VOR DENEN MAN SICH

schon dreimal

GUTE NACHT GESAGT HAT.

EINE *gute Freundin* KENNT ALLE DEINE GESCHICHTEN.

EINE *beste Freundin* HILFT DIR DABEI, SIE ZU SCHREIBEN.

**Glück** IST DAS **Einzige,**
DAS SICH VERDOPPELT,
WENN MAN ES TEILT.

*Albert Schweitzer*

Sinnlos
IST EIN LEBEN
OHNE SINN FÜR UNSINN.

Die Freunde,

DIE MAN UM
VIER UHR MORGENS
ANRUFEN KANN,
DIE ZÄHLEN.

MARLENE DIETRICH

Auf dem
Boden der Tatsachen
liegt eindeutig
zu wenig **Glitzer.**

Perfekt ist das Leben nie, aber es gibt Menschen, die es perfekt **machen.**

UND plötzlich
IST JEMAND DA,
DER KIPPT
EINFACH EIN PAAR
Eimer Farbe
IN DEIN LEBEN,
UND ALLES IST bunt.

Sei frech und wild
und wunderbar.

ASTRID LINDGREN

WENN MAN ZWEI
ODER drei Menschen HAT,
ABER WAS SAGE ICH DENN,
WENN MAN NUR einen
EINZIGEN MENSCHEN HAT,
dann ist man reich.

MILENA JESENSKÁ

BEI UNS BEIDEN IST

Pünktlichkeit

DIE KUNST, RICHTIG

ABZUSCHÄTZEN,

WIE SEHR SICH DER

ANDERE UNGEFÄHR

verspätet.

Du bekloppt,
ich bekloppt,
wir Freunde.

WIRKLICH *gute* Freunde sind *Menschen*, die uns GANZ GENAU KENNEN und *trotzdem* zu uns halten.

MARIE VON EBNER-ESCHENBACH

Gute Freunde

ERKENNT MAN

LEICHTER,

WENN DAS LEBEN

SCHWERER WIRD.

FALSCHE
FREUNDE
GLAUBEN
GERÜCHTE.
Echte Freunde
GLAUBEN
AN DICH.

Freundschaft verdoppelt unsere Freude und halbiert unseren Schmerz.

MARCUS TULLIUS CICERO

Geht's dir gut?
Dann geht's mir gut.

Zeit vergeht,
Erinnerungen
bleiben.

Wenn fünf Stunden
sich anfühlen wie eine,
hat man sie mit dem
**richtigen**
Menschen verbracht.

Bleib,
WIE DU
BIST!

# Weißt du,

WAS AN DIR SO SCHÖN IST?
DASS DU SO WUNDERBAR
EINZIGARTIG BIST!

WIE VIEL Unrecht
KANN DIE UMARMUNG
EINES FREUNDES
WIEDERGUTMACHEN.

FRANÇOIS DE LA ROCHEFOUCAULD

WAS FÜR EIN Glück,
DASS DU IN MEINEM
LEBEN BIST!

Lass uns mal …

… GEMEINSAM UNTER DEN STERNEN SCHLAFEN.

# Freunde

SIND WIE STERNE:
MAN SIEHT SIE NICHT
IMMER, ABER SIE SIND
IMMER FÜR DICH DA.

Einen sicheren Freund erkennt man in **unsicherer Lage.**

MARCUS TULLIUS CICERO

**Vielleicht**

wird alles vielleichter.

WENN DU EIN
STURM BIST,
dann tanze ich
IM REGEN …

DIE LEUTE MEINEN, DIE FREUNDSCHAFT MÜSSE IN DER GLEICHARTIGKEIT BESTEHEN.

SIE SIND ZU **ungeduldig**, UM DIE SCHÖNE WIRKUNG ABZUWARTEN, DIE AUS ZWEI REDLICHEN GEGENSÄTZEN HERVORGEHEN KANN.

Peter Rosegger

Freundschaft

IST KEINE GROSSE SACHE,
SONDERN VIELE
KLEINE SACHEN ...

ES GIBT NICHTS BESSERES
ALS EINE GUTE FREUNDIN.
AUSSER EINER GUTEN
FREUNDIN MIT Süßigkeiten.

AM ENDE

ZÄHLEN NUR DIE

Menschen,

DENEN MAN AUF DIE

FRAGE »WIE GEHT'S DIR«

EINE ehrliche

ANTWORT GIBT.

ECHTE
Freundschaft
HAT KEIN »HAPPY END«.
ECHTE FREUNDSCHAFT
endet nie.

Die meisten Erinnerungen haben wir noch vor uns!

Bildnachweis
Cover: Ian Schneider / Unsplash, Magnia / Shutterstock.com
Innenteil: S. 2: Ian Schneider / Unsplash, S. TairA / Shutterstock.com, S. 5: SoloEfrain / Shutterstock.com, S. 6: berry2046 / Shutterstock.com, S. 7: Getty Images / Smileus, S. 7: Getty Images / Digital Vision., S. 9: artnLera / Shutterstock.com, S. 10: Nuchylee / Shutterstock.com, S. 11: VolodymyrSanych / Shutterstock.com, S. 12: yuryimaging / fotolia.de, S. 13: one AND only / Shutterstock.com, S. 14: one AND only / Shutterstock.com, Ann Muse / Shutterstock.com, S. 15: song_about_summer / fotolia.de, S. 16: Aanav / Shutterstock.com, S. 17: Andreka / Shutterstock.com, S. 18: Magnia / Shutterstock.com, Ann Muse / Shutterstock.com, S. 19: Melissa King / Shutterstock.com, S. 20: Getty Images / happydancing, S. 21: Yuliya Podlinnova / Shutterstock.com, S. 22: Anastasia Panfilova / Shutterstock.com, S. 23: march.photo / Shutterstock.com, S. 25: DG Stock / Shutterstock.com, S. 26: Svitlana Sokolova / Shutterstock.com, S. 27: TairA / Shutterstock.com, S. 28: madiwaso / Shutterstock.com, VolodymyrSanych / Shutterstock.com, S. 29: Nigmatulina Aleksandra / Shutterstock.com, S. 30: VolodymyrSanych / Shutterstock.com, S. 31: Ann Muse / Shutterstock.com, S. 32: Anna Demianenko / Shutterstock.com, S. 34: Ann Muse / Shutterstock.com, S. 35: kondratya / Shutterstock.com, S. 36: Kanchana P / Shutterstock.com, S. 37: Yuliya Podlinnova / Shutterstock.com, S. 38: Ann Muse / Shutterstock.com, wulano / Shutterstock.com, S. 39: Getty Images / EnginKorkmaz, S. 40: Getty Images / Tainar, S. 41: Chachamp / Shutterstock.com, S. 42: Aanav / Shutterstock.com, S. 43: Zolotarevs / Shutterstock.com, S. 44: Maria Timofeeva / Shutterstock.com, S. 45: VolodymyrSanych / Shutterstock.com, Alexia_art / Shutterstock.com, S. 46: Rawpixel.com / Shutterstock.com, S. 47: one AND only / Shutterstock.com, S. 48: Ann Muse / Shutterstock.com, S. 49: Getty Images / KristinaJovanovic, S. 50: Ann Muse, S. Chachamp / Shutterstock.com, S. 52: Aanav / Shutterstock.com, S. 53: Getty Images / efetova, S. 54: aanbetta / Shutterstock.com, S. 55: TairA / Shutterstock.com, S. 56: kite studio / Shutterstock.com, S. 57: Anna Kutukova / Shutterstock.com, S. 58: berry2046 / Shutterstock.com, S. 59: nathan dumlao / unsplash, S. 60: Getty Images / f9photos, S. 63: savageultralight / Shutterstock.com, S. 64: Nongnuch_L / Shutterstock.com, S. 65: TairA / Shutterstock.com, Magnia / Shutterstock.com, S. 66: Annette Shaff / Shutterstock.com, S. 68: BrAt82 / Shutterstock.com, S. 69: Anna Kutucova / Shutterstock.com, S. 70: Getty Images / Andreka, S. 71: Anna Kutucova / Shutterstock.com, S. 72: Doidam 10 / Shutterstock.com, S. 73: Ann Muse / Shutterstock.com, S. 74: Anna Kutukova / Shutterstock.com, Ann Muse / Shutterstock.com, S. 75: Andrekart Photography / Shutterstock.com, S. 76: Annette Shaff / Shutterstock.com, S. 77: berry2046 / Shutterstock.com, S. 78: KatMoy / Shutterstock.com, S. 79: Ulada / Shutterstock.com, S. 80: popovartem.com / Shutterstock.com, S. 81: artnLera / Shutterstock.com, popovartem.com / Shutterstock.com, S. 82: wulano / Shutterstock.com, S. 83: aanbetta / Shutterstock.com, S. 84: astarot / Shutterstock.com, S. 86: Andrekart Photography / Shutterstock.com, S. 87: Getty Images / Fly_dragonfly, S. 88: Anna Kutucova / Shutterstock.com, Magenta10 / Shutterstock.com, S. 89: Getty Images / molchanovdmitry, S. 90: HappyAprilBoy / Shutterstock.com, S. 91: Yuliya Podlinnova / Shutterstock.com, S. 92: Afanasia / Shutterstock.com, S. 93: Getty Images / Jenpol, S. 94: Magnia / Shutterstock.com, S. 95: IMG Stock Studio / Shutterstock.com, S. 96: Getty Images / Marvin Coloma / EyeEm, S. 98: artnLera / Shutterstock.com, Magnia / Shutterstock.com, VolodymyrSanych / Shutterstock.com, S. 99: mim.girl / Shutterstock.com, S. 100: Godsend / Shutterstock.com, S. 101: VolodymyrSanych / Shutterstock.com, Godsend / Shutterstock.com, S. 102: wulano / Shutterstock.com, S. 103: Floral Deco / Shutterstock.com, S. 104: vanillamilk / Shutterstock.com, S. 105: Ann Precious / Shutterstock.com, S. 106: Getty Images / camelt
Vignetten: Ruslana_Vasiukova / Shutterstock.com, Ksenia Zvezdina / Shutterstock.com



Covergestaltung: Grafisches Atelier arsEdition
Gestaltung Innenteil: BUCH & DESIGN Vanessa Weuffel
Printed by Tien Wah Press
ISBN 978-3-8458-3871-7

1. Auflage

www.arsedition.de

MIX
Papier aus verantwortungsvollen Quellen
FSC® C012700
FSC www.fsc.org